A mi maravillosa
abuela Croce.

MIXTO
Papel procedente de
fuentes responsables
FSC® C002795

Título original: *The Lines on Nana's Face*

Publicado originalmente en 2016 por Flying Eye Books, un sello
editorial de Nobrow Ltd.

Texto e ilustraciones © Simona Ciraolo 2016
Revisión: Tina Vallès
Traducción: Anna Llisterri

© de esta edición: Andana Editorial 2016
C. Arbres, 23. Algemesí 46680 (Valencia)
www.andana.net / andana@andana.net

ISBN: 978-84-16394-42-5
Depósito legal: V-2110-2016
Impreso en Letonia

Simona Ciraolo

Las arrugas de la abuela

Andana
editorial

Hoy es el cumpleaños de la abuela, ¡y lo celebraremos con una fiesta!
Sé que está contenta porque le gusta vernos a todos reunidos.

Pero, a veces, si realmente me fijo en ella,
me parece que podría estar un poco triste,
y una pizca sorprendida, y algo preocupada,
todo a la vez.

Así que le pregunto a la abuela por qué, y ella me explica que tal vez me lo parece por todas las arrugas que tiene en la cara.

–¿Te molestan, abuela? –le pregunto.

–En absoluto –responde–. En realidad, les tengo
mucho afecto. Es en estas arrugas donde guardo
mis recuerdos, ¿sabes?

No puede ser. ¿Cómo es posible que todo un recuerdo quepa en una arruga tan pequeña?

Así que pongo a la abuela a prueba.

–¿Qué guardas aquí, abuela?

–Aquí tengo aquella mañana, a comienzos de una primavera,
en que descubrí un gran misterio.

–¿Y aquí?–

-Aquí tengo el mejor pícnic
en la playa de mi vida.

–¿Y en estas de aquí?

-Oh, estas son de la noche en que conocí a tu abuelo.

–¿Y en estas pequeñas,
qué hay?

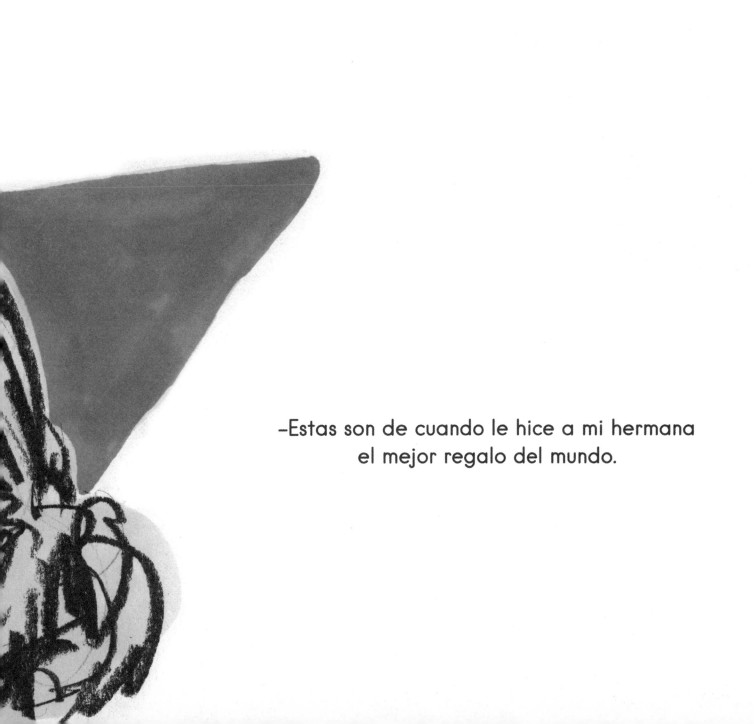

—Estas son de cuando le hice a mi hermana
el mejor regalo del mundo.

–¿Y en estas?

–Aquí está la primera vez que tuve
que decir adiós.

—Abuela, ¿te acuerdas de la primera vez que me viste?

–¡Sí, está justo aquí!